AF461254

LE PORTRAIT.

COMÉDIE

REPRESENTE'E

PAR

LES COMEDIENS ITALIENS

ORDINAIRES DU ROI.

Le Jeudi 9. Janvier 1727.

A PARIS,

Chez GREGOIRE DUPUIS, rue S. Jacques, à la Couronne d'or.

MDCCXXVIII.

Avec Approbation & Privilege du Roi.

ACTEURS.

LELIO Pere de Silvia.

SILVIA fille de Lelio.

VALERE Amant de Silvia.

COLOMBINE.

ARLEQUIN.

La Scene est à Paris.

LE PORTRAIT,

COMEDIE.

SCENE PREMIERE.

SILVIA *en negligé*, COLOMBINE.

SILVIA *d'un air indolent.*

COLOMBINE!

COLOMBINE.

Mademoiselle!

SILVIA.

Je ne ſçai ce que j'ai.

COLOMBINE.

Ni moi, en verité.

SILVIA.

Ma couſine a-t'elle envoyé dire qu'elle

viendroit me prendre ?

COLOMBINE.

Vous venez de parler à ſon laquais.

SILVIA.

Je crains bien de m'ennuyer aujourd'hui.

COLOMBINE.

Voilà une crainte qui me ſurprend, elle ne vous eſt pas ordinaire ; car, Dieu merci, pour une fille raiſonnable, vous ne paſſez point mal votre temps.

SILVIA.

Je crains de m'ennuyer, te dis-je ; j'ai quatre ou cinq parties de plaiſir de faites, je ne m'en promets dans aucune, je veux du vif, du ſingulier, du bizarre même ; je ne prévoi rien de tout cela dans ce que je vas faire. Si je rends des viſites, je trouverai tout le monde ; ſi je vas aux ſpectacles, il n'y aura perſonne : il n'y aura que des femmes chez la Comteſſe, que des hommes chez la Marquiſe : on médira chez l'une, on me dira des douceurs chez l'autre. La médiſance me déplaît, & les douceurs m'affadiſſent : ſi je jouë & que je gagne, cela fâchera ceux qui perdront : ſi je perds, je me fâcherai peut-être moi-même. Si je soupe chez Belise, elle ne parlera qu'à son amant; chez Célimene, son bouru de mari nous fera à coup sûr quelques frasques. Si je vas au bal..... Mais je ne songe pas que je n'ai point d'habit. Que me conseilles-tu ?

COLOMBINE.

De rester à la maison.

SILVIA.

Quoi ! toute seule à moraliser avec ma vieille Tante, c'est pour en mourir.

COLOMBINE.

Voulez-vous que je vous parle franchement ? Vous n'êtes pas d'assez bonne humeur pour vous laisser voir. Je me suis apperçüe dès le matin que la journée seroit nébuleuse.

SILVIA.

Je ne m'habillerai donc point, cherche-moi des livres, de l'ouvrage : quelle heure est-il ?

COLOMBINE.

Oüais ! que veut dire ceci, voilà une révolution bien subite, j'en ignore la cause :

mais je croi la deviner.

SILVIA.

J'ignore à mon tour ce qui te passe par la tête ; mais moi je ne me sens qu'une mélancolie vague, qui n'a point d'objet : c'est un simple caprice du temperament, où le cœur n'a point de part ; la vapeur se dissipe, & le calme revient d'un moment à l'autre.

COLOMBINE.

Ma foi, si le cœur n'y a point de part, il est bien prêt d'y en avoir ! on n'a point impunément de ces troubles involontaires, il en est des orages du cœur comme de ceux de l'air ; ils se forment dans le tems le plus serein. D'abord il s'éleve un petit vent, qui devient plus fort, les nuages s'amassent & grossissent, le ciel s'obscurcit, l'éclair précede, & le coup de tonnerre part. Voilà votre situation : vous aimez, ou vous allez aimer, je vous le prédis.

SILVIA.

Colombine ! tréve de prédictions, elles me fâchent : je n'aimerai point, je n'aimerai point, te dis-je, l'exemple des autres me rend trop sage sur l'amour : je ne veux être ni fourbe, ni duppe, ni crédule, ni défiante, ni coquette, ni précieuſe, ni triſte, ni évaporée, ni jalouſe, ni commode : en un mot, rien de ce qu'on eſt quand on aime : en garde contre les folies de mon ſexe, je le ſuis encore plus contre la ſcelerateſſe des hommes. Ils ſçavent que je les connois, ils ſe rendent juſtice, & me laiſſent en repos.

COLOMBINE.

Vous les haïſſez donc beaucoup ?

SILVIA.

Eh ! Colombine, peut-on avoir pour eux d'autres ſentimens ?

COLOMBINE.

Cependant Monſieur votre pere veut abſolument vous marier.

SILVIA.

Encore des idées affligeantes ! je croi que tu prends plaiſir à me chagriner. Me marier ! moi me marier ! oh je ſçaurai bien m'en garantir. Nous verrons un peu comment s'y prendra celui qu'on me deſtine. Il me ſemble déja le voir, ſûr du conſentement de mon pere, me regarder d'un air de conquerant. Eh, Monſieur, vous n'avez pas le mien, vous ne l'aurez jamais, je vous en assure; cherchez ailleurs qui flatte votre amour propre, j'en suis l'ennemie mortelle. Quel est celui-ci? Un amant timide, qui cherche languissamment dans mes yeux ce qui se passe en moi pour lui. Rien, Monsieur, absolument rien, votre vûë me glace. Colombine, c'est un Petit-maître, qu'il est bruyant! un Doucereux, qu'il est fade! un Robin, qu'il est guindé! un Officier, qu'il est brusque! quel qu'il soit, il ne me conviendra pas, je l'éconduirai. Il faudroit, pour me déterminer, un homme, qui eût des qualitez, des vertus.... mais elles ne subsistent que dans mon imagination, tous les hommes ne valent rien, rien.

COLOMBINE.

Belle conclusion! d'accord, ils ne valent rien, mais ils sont hommes, & nous filles, & d'ailleurs il n'y en a point de si diables dont on ne vienne à bout; l'imbécile, on le mene par le nez; le merveilleux, on lui en fait accroire; le taciturne, on n'a pas la peine de lui répondre; le grondeur, on le fait taire en criant plus haut que lui; le débauché, on ne le voit jamais; l'avare, on le vole; le jaloux, on le trompe; le dissipateur, on le... on le, ma foi, je ne ſçai ce qu'on fait de celui-là, c'eſt la pire eſpéce de tous. Mais Monſieur votre pere ne devoit revenir que demain, je l'entends, il me ſemble que votre air mutin vous abandonne.

SCENE II.

LELIO, SILVIA, COLOMBINE.

Silvia va embraſſer ſon pere.

COLOMBINE.

Monſieur, ſoyez le bien revenu, vous avez ſans doute....

LELIO.

Pour éviter toutes les queſtions, j'ai fait bon voyage, me voilà de retour, & je me porte bien, (*à Silvia.*) J'ai une bonne nouvelle à vous annoncer, je vous ay mariée.

COLOMBINE.

Une autrefois prendrez-vous de mes Almanachs?

SILVIA.

Moi, mon pere!

LELIO.

Oui, vous, n'étoit-il pas tems d'y ſonger?

COLOMBINE.

Monſieur, pourroit-on, ſans vous déplaire, vous demander à qui?

LELIO.

A qui... de quoi te mêles-tu? Attends que je t'interroge, peſte ſoit de la babillarde, je ne ſçai plus de quoi je parlois.

COLOMBINE.

Vous parliez du mariage de Mademoiſelle votre fille.

LELIO.

Je m'en ſouviens.

COLOMBINE.

Et vous croyez, Monſieur, que c'eſt une affaire faite?

LELIO.

Aſſurément.

COLOMBINE.

Pour moi, je ne m'y oppoſe pas, mais Mademoiſelle Silvia....

LELIO.

Je connoi ma fille, elle m'obéira, tu

vois bien qu'elle ne dit mot.

COLOMBINE.

A la bonne heure, ce ſont ſes affaires, parlez donc, vous voila comme un terme.

SILVIA.

Colombine, veux-tu que je fâche mon pere ?

COLOMBINE.

Dieu m'en garde ; vive les filles obéiſſantes, ſur-tout celles qui changent du blanc au noir.

SILVIA.

Attendons juſqu'à la fin.

LELIO.

Pour vous montrer que je n'ai point fait les choſes à la boulevûe, Ecoutez moi: J'ai trouvé à Lille le fils d'un de mes anciens amis, c'eſt un Cavalier ſage, bienfait, noble, riche, brave, ſpirituel, & d'une figure charmante, qui s'appelle Valere.

COLOMBINE.

Monſieur, depuis quand liſez-vous les Romans ? Voilà un Portrait à la Pharamond.

LELIO.

Je lui ay parlé de vous, la chose s'est concluë sur le champ, les bonnes affaires veulent être brusquées, tenez, voyez si je veux vous tromper, voila son Portrait que je lui ay demandé.

COLOMBINE.

Ma foy, Monsieur, je suis pour vous.

LELIO.

Nous sommes venus ensemble, je l'ay laissé chez le baigneur, il faut que je sorte : s'il vient pendant que je n'y serai pas, qu'on lui fasse mes excuses, qu'on le prie de m'attendre, & qu'on songe à le bien recevoir.

COLOMBINE.

J'en fais mon affaire.

Lelio sort.

SCENE III.

SILVIA, COLOMBINE.

COLOMBINE.

AVvez-vous aſſez fait la doucette ? Pourquoi n'avoir pas répondu d'un ton ferme à votre Pere ? Voilà de mes braves, qui tremblent au moindre danger : Mais que veut dire cet air embarraſſé ? Vous ne dites mot. Eſt-ce que le Portrait vous a donné dans la vûë ? Vous le regardez, je croi, ma foi, que j'y ſuis, ces amours de ſurpriſe ſont aſſez de mon goût, je voudrois ſeulement qu'il s'y trouvât un peu plus de difficulté, j'aime à faire briller mon ſçavoir faire.

SILVIA.

Je croi moi-même que tu es folle, eſt-ce que tu ne me connois plus ? Loin d'être touchée de la copie, ou de vouloir plaire à l'original, je ne veux pas même lui parler.

COLOMBINE.

Mais vous y avez conſenti, ou du moins

j'y ai consenti pour vous, & c'est la même chose.

SILVIA.

Il me vient une idée.

COLOMBINE.

Voyons ce que ce peut être.

SILVIA.

Mon pere ne reviendra pas sitôt, je veux prendre un de tes habits, recevoir ce nouveau venu sous ton nom, & lui faire de moi une peinture, qui lui ôte l'envie de me parler, ou de me voir.

COLOMBINE.

Beau projet! la peste, & si votre pere vous surprend?

SILVIA.

Alors je me déclarerai ouvertement.

COLOMBINE.

Et si l'épouseur ne se rebute pas?

SILVIA.

Il faudra qu'il soit bien opiniâtre,

COLOMBINE.

Et s'il vous paroît aimable ?

SILVIA

Ne cherche point à me fâcher, & fais ce que je te dis. J'entends quelqu'un, retirons-nous.

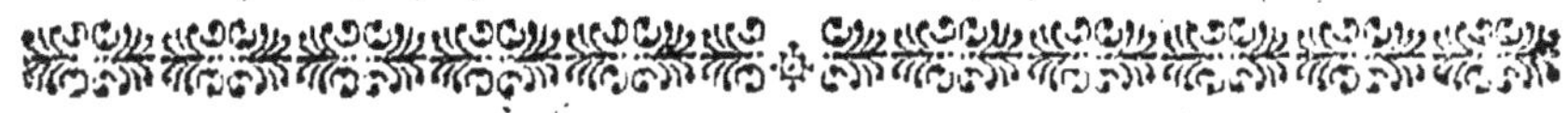

SCENE IV.

VALERE.

QUi m'auroit dit il y a quatre jours, Valere, tu aimeras à la fureur une fille que tu ne connois point, tu viendras en poste à Paris pour l'épouser, je lui aurois ri au nez. Cependant je suis dans le cas. Lelio vient à Lille, me parle de sa fille, me la propose, me donne son Portrait ; me voilà devenu fol. Après cela, Messieurs les incrédules en sympathie, venez me soûtenir que l'amour est un enfant de l'habitude... Mais ce n'est pas le tout d'aimer Silvia, si elle ne m'aime pas, je vas joüer un joli personnage, & pourquoi m'aimeroit-elle ? Je n'en suis pas connu, peut-être même en aime-t-elle un autre ? Il n'y auroit rien là de fort étonnant; Son pere m'a dit que non, mais les peres sçavent-ils les affaires de leurs filles? Cette idée me chagrine. Comment donc! je croi déja que je suis jaloux, n'éxaminons point cet article; la rêverie m'entraîne, & je ne m'apperçois pas que je suis chez Lelio.

SCENE V.

ARLEQUIN, VALERE.

ARLEQUIN.

AH Monsieur, c'est vous, jerni cotton que vous êtes beau! vous voilà poudré & frisé, comme pour une entrevûe de mariage.

VALERE.

Tu ne te trompes pas.

ARLEQUIN.

Je crains que si...

VALERE.

Comment?

ARLEQUIN.

C'est une vision qui me passe par la tête, vous

Vous sçavez que j'y suis sujet.

VALERE.

Il y a là-dessous quelque chose.

ARLEQUIN.

Oh ! point du tout, & d'ailleurs est-ce que vous faites attention, vous autres maîtres, à des discours de valets, ils n'ont pas le sens commun.

VALERE.

Je veux absolument sçavoir ce que c'est.

ARLEQUIN.

Je ne me ferai pas battre pour vous le dire.

VALERE.

Parle donc.

ARLEQUIN.

Pendant que vous étiez entre les mains du Baigneur, j'avois soif, notez ceci, j'ai trouvé un ancien camarade, nous avons été boire bouteille, faites attention à cette circonstance, c'étoit à la pomme de pin. Cela ne s'appelle-t-il pas sçavoir conter? Vous ne me loüez pas, j'aimerois autant n'avoir point d'esprit.

VALERE.

Eh bien !

ARLEQUIN.

Eh bien, tout en bûvant nous nous sommes mis à causer, lüi de son maître, & moi du mien : voulez-vous sçavoir ce qu'il m'en disoit ?

VALERE.

Eh non, viens à ce qui me regarde.

ARLEQUIN.

Tout à l'heure, il m'a fait plusieurs questions, comment se nomme ton maître ? Valere. Qui est-il ? Gentilhomme. De quel pays ? François. Que fait-il ? il est Colonel. D'où vient-il ? de Flandre. Qui l'amene à Paris ? un Mariage. Avec qui ? avec Mademoiselle Silvia, fille de Monsieur Lelio. Vous voyez que je n'oublie rien.

VALERE.

Sois moins exact, & finis.

ARLEQUIN.

J'ai vû qu'il a branlé la tête, je lui ai fait

des queſtions à mon tour, je n'ai pû en rien tirer qu'à la ſeptiéme chopine ; oh c'eſt un garçon diſcret ; aimes-tu bien ton maître, m'a-t-il dit d'un ton grave ? comment, ai-je répondu, ſi je l'aime. Je ſerois quatre heures pour ſon ſervice ſans boire, ni manger, Monſieur, cela mérite récompenſe.

VALERE.

Mais qu'ai-je de commun avec tout cela?

ARLEQUIN.

Le voici. Ce maître que tu aimes, c'eſt mon camarade qui continue, vient, dis-tu, épouſer la fille de Monſieur Lelio ? s'il fait bien, il s'en retournera ſur ſes pas. Le pere & la fille... (*Il ſe paſſe la main ſur le front.*) Je les ai ſervis, je doi les connoître ; après tout, un grain de folie de plus ou de moins n'eſt pas un affaire dans un ménage, il peut ſe contenter. Monſieur, retournons nous-en.

VALERE.

Sçavez-vous bien, Monſieur le donneur d'avis, que je vous ferai expirer ſous le baton.

ARLEQUIN.

Je ne vous conſeillerois pas de me frapper, nous sommes à Paris une fois, je suis sur mon pailler.

VALERE.

Tréve de discours, va frapper à cette porte.

ARLEQUIN.

J'aurai fait mon devoir, on n'aura rien à me reprocher.

SCENE VI.

SILVIA *sous l'habit de Colombine.*

VALERE, ARLEQUIN *frappe à la porte.*

SILVIA *en sortant.*

Qui est là ?

ARLEQUIN

Ami.

SILVIA *vivement.*

Qui êtes-vous ? Que voulez-vous ?

ARLEQUIN.

C'est Monsieur Valere & moi qui venons épouser la fille de Monsieur Lelio, & vous aussi si vous voulez. *Il veut la baiser.*

SILVIA *le repoussant.*

Doucement, Monsieur le Complimenteur, je ne suis pas une soubrette à colibets.

ARLEQUIN.

Oh! parlez donc à mon maître, je vas toûjours apprendre les êtres de la maison. *Il fait plusieurs lazzi; Silvia le considere; Arlequin entre; pendant ce tems-là Valere, qui l'a examinée, & tiré son Portait de sa poche, dit à part.*

VALERE.

Je ne me trompe pas, c'est elle assûrément. Quelle Comédie? Feignons de ne la pas connoître, & voyons où ceci nous menera.

SCENE VII.

SILVIA, VALERE.

VALERE *d'un ton tranquille.*

Vous êtes sans doute de la maison?

SILVIA *d'un ton vif.*

Ouy, Monsieur, pour vous servir.

VALERE.

Ne puis-je parler à Monſieur Lelio ?

SILVIA.

Il eſt ſorti.

VALERE.

J'en ſuis fâché. Ne puis-je avoir l'honneur de ſaluer Mademoiſelle ſa fille.

SILVIA.

Elle eſt embaraſſée.

VALERE.

Je prendrai mieux mon tems.

SILVIA.

Leur voulez-vous quelque choſe que je puiſſe leur dire *à part*. Voila un ſang froid qui me glace.

VALERE.

Je m'appelle Valere, je ſuis le Cavalier dont Monſieur ſon pere lui a ſans doute parlé.

SILVIA.

C'eſt donc vous, Monſieur, qui venez

de but en blanc de Flandre exprès pour épouser une fille que vous ne connoissez pas, sans sçavoir si elle vous plaira, & si vous lui plairez vous-même : vous pouviez vous épargner les frais du voyage.

VALERE.

Je suis venu lui rendre des soins, & tâcher par mes services de m'attirer l'honneur de ses bonnes graces.

SILVIA.

Vous n'y réussirez pas, c'est peine perdue, *à part*, quel homme !

VALERE.

Je comptois beaucoup plus sur ses bontez, que sur mon mérite.

SILVIA.

Vous comptiez sur ses bontez ? & dequel droit, je vous prie, quoi, parce que son pere vous a donné sa parole sans la consulter, il faudra qu'elle l'execute, qu'elle vous écoute, qu'elle vous aime, & qu'elle vous épouse ? Elle n'en fera rien, Monsieur, fiez-vous en moi, je sçai ses intentions, elle n'en fera rien.

VALERE.

Je ſerois au déſeſpoir de la contraindre... *à part.* Oüais, Arlequin m'auroit-il dit vrai?

SILVIA *à part.*

Je ſerois au deſeſpoir de la contraindre, ce flegme me fait boüillir le ſang.

VALERE.

Dites à votre maîtreſſe que j'approuve l'éloignement qu'elle a pour moi, je me rends juſtice, je ne méritois point autre choſe de ſa part.

SILVIA *à part.*

Qu'il y a d'indifference dans cette fauſſe modeſtie!

VALERE.

Dites lui encore, que je ne veux point avoir à me reprocher de troubler par ma préſence les ſentimens qu'elle peut avoir dans le cœur pour un homme plus aimable.

SILVIA.

Que voulez-vous dire, Monſieur, les ſentimens qu'elle peut avoir dans le cœur? Pour qui donc, s'il vous plaît, prenez-vous Silvia? La croyez-vous capable de s'engager ſans l'aveu de ſon pere ? En verité vous êtes bien conſiderant, & bien inſultant dans vos conſiderations.

VALERE.

Ne vous fâchez point. Si je l'ai offenſée, je lui en demande pardon. *A part.* Je croi tout de bon qu'elle a perdu l'eſprit.

SILVIA *à part.*

Je lui en demande pardon, je n'y puis plus tenir, il me pique, il me fâche, il me met aux champs ; mon parti eſt pris, je veux m'en défaire. *A Valere.* Je rendrai compte à Silvia de votre delicateſſe & de vos ménagemens, elle vous en ſera obligée. Avoüez au reſte, que le ſacrifice que vous lui faites ne vous coute guere, & qu'une reſerve ſi marquée ſeroit offençante, ſi elle n'étoit forcée, en ſe rendant juſtice à elle-même, d'en approuver le motif.

VALERE.

En vérité, je ne vous entends pas, & je puis....

SILVIA.

Non, Monſieur, je ne prends point le change ſur les raiſons que vous avez d'en user de la sorte. J'aime Silvia, mais je suis sincere : vous n'avez point tort ; j'admire au contraire, voyant que vous la connoissez, qu'il ne vous échappe aucune plainte, aucun reproche. L'effort est généreux ; car enfin ne dissimulez plus, on vous a instruit de tous ses défauts.

SILVIA.

Moi ! Non, je vous jure, & son pere est le seul qui m'en ait parlé.

SILVIA.

Il l'aura flattée, pour vous tromper ; mais moi, Monsieur, qui la connois à fond, & qui veux vous rendre service, je vas vous la peindre au naturel. D'abord, elle n'est ni grande ni petite, ni bien ni mal faite, plûtôt grasse que maigre, & malgré tout cela, chose rare aujourdhui, elle a de la taille, elle a un petit air d'etourderie & de jeunesse qui frappe. Ce n'est, si vous voulez, ni esprit, ni éclat ; cela tient pourtant un peu de tous les deux : elle a de la blancheur & du tein, des yeux & des dents : elle chante & danse passablement : en un mot, elle est comme mille autres. A l'égard de sa conduite, il n'y a rien à vous en dire, elle vit comme vivent à present toutes les filles. Pour son humeur, il n'est, ma foi, pas aisé de la définir : elle est douce par reflexion, aigre par temperament, timide dans les choses qu'elle sçait, décisive dans celles qu'elle ignore, imperieuse avec ceux qui ne lui doivent rien, exigeante sans amitié, jalouse sans passion, vive jusqu'à l'emportement, distraite jusqu'à l'oubli, inégale jusqu'à la brusquerie, enfin, si difficile à vivre, que la plûpart du tems nous ne pouvons durer ensemble. Le maître, le guide, le mobile de tous ses discours, de toutes ses actions, sçavez-vous ce que c'est? Le caprice. Voulez-vous encore l'épouser?

VALERE.

Je ne puis vous être obligé du service que vous venez de me rendre : je m'étois fait de Silvia une idée avantageuse, mon erreur commençoit à m'être chere, j'y renonce avec douleur, j'aurois été charmé de la voir, elle ne m'en juge pas digne, elle ne le veut pas, je m'y soumets : il faut sçavoir prendre son partî dans les évenemens où l'on ne peut rien changer. Dites-lui : non ce que je pense, mais ce que je fais pour elle : je reviendrai rendre à son pere ſa parole, & retirer la mienne. Vous voyez que je ne veux point lui donner lieu de ſe plaindre de moi. Adieu. *Il ſort.*

SILVIA.

Non, non, je ne m'en plaindrai point. De quel air m'a-t'il quittée? A-t'il dit un ſeul mot pour prendre mes interêts contre moi-même, dans le portrait ridicule où je viens de me defigurer? A-t'il fait la moindre inſtance pour me voir? Je ſens tout ce qu'il y a de mépriſant dans cette froideur. Après tout, que voulois-je? M'en débaraſſer; N'y ai-je pas réuſſi? Tu rêves, Silvia, aurois-tu la foibleſſe d'en être fâchée; Je ne ſçai, mais je m'accuſe de bizarerie; il me ſemble même que je m'en repens. (*Elle entend du bruit, tourne la tête & voit Arlequin.* On ne me donne ſeulement pas le tems de refléchir à mon imprudence.

SCENE VIII.

ARLEQUIN, SILVIA.

ARLEQUIN.

VOici, ma foi, une bonne maiſon. Ah! Mademoiſelle la Suivante, qui voulez qu'on vous reſpecte, je ſuis votre ſerviteur. Qu'avez vous fait de mon Maître?

SILVIA.

Il vient de ſortir, & je vous conſeille de le ſuivre.

ARLEQUIN.

Il n'y a rien qui preſſe, je le trouverai chez quelqu'une de ſes anciennes connoiſſances.

SILVIA.

Eſt-ce qu'il a des connoiſſances à Paris?

ARLEQUIN.

Bon. Y a-t'il quelqu'endroit au monde où nous n'en ayons point?

SILVIA.

Je ſerois curieuſe d'en ſçavoir le détail. *Bas*. Cela fortifiera mon dépit & mon indifference. *Haut*. Parlez, je vous écoute.

ARLEQUIN.

Très-volontiers. Autant vaut-il parler de cela que d'autres choſes. Comme la paix eſt le fleau des grands hommes, & que nous ne ſommes point gens à nous accoquiner dans une garniſon, nous nous ſommes mis, pour nous dèlaſſer, à parcourir l'Europe, & partout nous avons laiſſé des monumens de nos conquêtes.

SILVIA *à part.*

Je n'en augmenterai pas le nombre. *Haut*. Je crains pour votre memoire.

ARLEQUIN.

Ne craignez rien. Nous avons commencé par l'Italie. A Rome. A Rome....

SILVIA.

Que fîtes-vous à Rome?

ARLEQUIN.

Nous n'y fîmes rien, le tems n'étoit

pas bon ; mais à Florence nous avons fait couper toutes les forêts du pays.

SILVIA.

Que voulez-vous dire ?

ARLEQUIN.

Nous avons fait mettre des doubles jalousies à toutes les fenêtres. A Venise, nous n'y restames que vingt-quatre heures. A Madrid, la Marquise de... de... Je ne suis pas fort sur les noms propres, tant y a qu'une Marquise nous offrit la Vice-Royauté du Perou, pour nous fixer en Espagne ; mais, zeste, nous voilà à Constantinople. Nous faisons nos galleries du Serrail, le Grand Seigneur le trouva mauvais : ces Turcs ne sont pas endurans. Nous repassâmes chez les Chrétiens, & Dieu sçait...

SILVIA.

Je suis bien bonne de m'arrêter à toutes ces fadaises. *Elle sort*

ARLEQUIN *croyant toujours parler à Silvia.*

En Allemagne, nous ne fîmes pas grand'chose : en Angleterre beaucoup, en Hollande de même, en Flandre plus que nous ne voulions : mais nous avons tout quitté pour notre maîtresse, pourvû qu'elle soit aussi jolie que vous, passe... *Il marque sa surprise de ne la plus trouver.*

SCENE IX.

LELIO, ARLEQUIN.

LELIO *l'air rêveur.*

BOn jour, Arlequin.

ARLEQUIN.

Monsieur, je suis votre serviteur. En vérité, vous avez de bon vin.

LELIO *sans l'écouter.*

Que veut dire ceci ?

ARLEQUIN.

Je veux dire que j'en ai bû, mais modérément.

LELIO.

Je trouve Valere dans la ruë, l'air sérieux,

ARLEQUIN.

ARLEQUIN.

Monſieur, il ne rit jamais.

LELIO.

Je voi qu'il veut me parler, des importuns nous joignent.

ARLEQUIN.

Ce Pays-ci en fourmille.

LELIO.

Sans autre explication, il me dit qu'il viendra me remercier & prendre congé de moi.

ARLEQUIN.

Je ne ſçache pourtant pas qu'il ait de voyage à faire.

LELIO.

Je veux ſçavoir la cauſe de ce refroidiſſement : s'il y a de la faute de ma fille, ou de celle de Colombine, je leur ferai voir que je ſuis le maître. Colombine!

ARLEQUIN.

Monſieur!

LELIO.

Arlequin, j'ai quelque chose dans la tête, je te prie de me laisser. Colombine!

SCENE X.

COLOMBINE, LELIO, ARLEQUIN.

COLOMBINE.

Que vous plaît-il, Monsieur?

ARLEQUIN.

Encore une Colombine? Diantre; les femmes de chambre ici sont jolies. J'aurai de quoi m'amuser.

LELIO.

Valere est-il venu ici?

ARLEQUIN.

Oui, Monsieur. Ma foi, celle-ci a l'air plus fripon que l'autre.

LELIO.

A-t'il vû ma fille?

ARLEQUIN.

Je n'en ſçai rien. Mignone, je vous trouve charmante.

LELIO.

Veux-tu bien parler ?

COLOMBINE *à part.*

Je ne ſçai que lui dire.

ARLEQUIN *ſe mettant entre deux.*

Me voilà prêt à répondre.

LELIO *prend Arlequin par le bras, & le mene au côté du Théatre.*

Je t'ai déja dit de nous laiſſer.

ARLEQUIN *paſſe derriere lui.*

Je veux ne manger de trois mois, ſi vous ne m'avez percé le cœur de part en part.

LELIO *le reprenant par le bras.*

Sçais-tu bien qu'à la fin je me fâcherai. Sors tout-à-l'heure, je te l'ordonne.

ARLEQUIN.

Ouy ! vous le prenez ſur ce ton-là, je m'en vas : Je m'ennuye quelque part quand je n'y parle point. Mon adorable, au revoir.

LELIO.

Voyons si je n'en tirerai pas davantage de ma fille. Va la chercher.

COLOMBINE.

Monsieur, la voici.

SCENE XI.

SILVIA *sous son habit*, LELIO, COLOMBINE.

LELIO.

AVez-vous vû Valere? Lui avez-vous parlé? Que s'est-il passé entre vous?

COLOMBINE.

Monsieur, ce matin vous n'aimiez point les questions, nous ne les aimons point à notre tour, & pour terminer tout ceci en bref, sçachez que ma maîtresse ne veut point épouser votre Monsieur Valere, qu'elle le hait, qu'elle le déteste, & qu'elle se mettra plûtôt dans un Convent pour toute sa vie, que de le revoir encore une fois; (*Silvia la tire par sa juppe.*) Laissez-moi faire, je sçai comment il faut lui parler, (*à Lelio;*) ne lui faites point de violence, elle vous en prie par ma bouche, faut-il vous le demander à genoux?

LELIO.

Mais moi, je ſuis bon pere: après tout, je ne prétends pas la forcer, (*à ſa fille*;) je croyois que ce mariage ſeroit de votre goût, je me ſuis trompé, je n'y ſonge plus, peut-être qu'à la fin je rencontrerai un homme qui vous conviendra. Valere devoit venir ici, je ne veux pas qu'il s'en donne la peine; je vas de ce pas lui dire qu'il peut ſe pourvoir comme bon lui ſemblera, *il ſort*

COLOMBINE.

Vous ai-je ſervie de la bonne façon?

SILVIA.

Ah! Colombine, je ſuis au déſeſpoir.

COLOMBINE.

Comment, ne m'avez-vous pas dit que vous étiez piquée contre Valere?

SILVIA.

Il eſt vrai que je ſuis piquée contre lui, mais...

COLOMBINE.

Je vous entends. Voilà le fruit de vos raſfinemens; pourquoi, diantre, auſſi ne pas dire ce que vous penſez ? Voulez-vous que je courre après Monſieur votre pere ?

SILVIA.

Non. J'ai fait la faute, il faut que j'en porte la peine : que je ſuis à plaindre ! C'eſt toi, qui m'as porté malheur.

COLOMBINE.

C'eſt plûtôt le portrait, & la vûë du Cavalier.

SILVIA.

Le voilà ce maudit portrait. Que je le hais ! Eſt il rien d'égal à ce qui m'arrive ? Je ſuis tranquille, heureuſe, je ne me défie de rien, eſt-il poſſible que notre cœur nous échappe ſi rapidement ! Un homme que je ne connoi pas ! un homme, contre lequel je ſuis prévenuë, ſe montre, & me force de le trouver aimable dès que je le voi ! Que faut-il pour cela ? Rien. Ce n'eſt pas aſſez pour ſon triomphe, je ne lui inſpire que de l'indifference ! le cruel, ſa froideur croiſſoit avec mon trouble. Colombine, ton habit me déparoit, il m'enlaidiſſoit. Parle, avois-je ſi mauvaiſe grace ? Ceux qui m'ont dit juſqu'ici que j'avois quelque beauté, m'ont-ils trompée? Ce qui me console, il ignore ma foiblesse, il ne la verra point: ce n'est qu'une premiere impression, elle s'effacera, elle l'est déjà : mon indifference égale la sienne, je respire.... Colombine, il reviendra peut-être ici, dis-lui.... Mais, non, je ne veux pas que tu lui parles, tu lui expliquerois mal mes sentimens, tu lui en laisserois voir trop, ou trop peu: il vaut mieux que je lui parle moi-même.

COLOMBINE.

En effet, vous êtes dans un état très-propre à vous contraindre.

SILVIA.

Tu ris de mon extravagance, je le mérite bien, Colombine, tu crois donc que je l'aime encore?

COLOMBINE.

Que voulez-vous que je vous réponde?

SILVIA.

Que je l'ay oublié, ou du moins que je n'y songe que pour m'en venger.

COLOMBINE.

Vous venger d'un indifferent! cela n'est

pas aiſé, je n'y ſçache qu'un moyen, c'eſt de vous en faire aimer.

SILVIA.

M'en faire aimer ! veux-tu que je l'en prie ?

COLOMBINE.

Ma foi, nous ne ſçavons guere, ni vous ni moi ce que nous voulons ; mais j'entends quelqu'un, croyez-moi, ſi c'eſt Valere, réparez la faute que vous avez faite.

SILVIA.

Il n'eſt plus tems. Mon pere l'aura trouvé, tout eſt rompu ; je ne le verrai plus ; du moins, dis-moi que je doi le ſouhaiter ; tu ne réponds rien, il t'a parlé, il t'a gagnée, Colombine, ſi tu oſois l'inſtruire de ma foibleſſe... Aurois-tu bien la cruauté de me ſacrifier à un homme qui ne m'aime point ?

COLOMBINE.

Moi, Mademoiſelle, je ne l'ai point vû, & ſelon les apparences, je ne le verrai jamais.

SILVIA.

Tu ne l'as point vû ? Tant mieux, tu ſerois pour lui. Si tu m'aimes, imagine-lui des deffauts, exagere-les moi : mais non, je n'ai pas besoin de ton secours, ma fierté me suffit, elle rappelle ma raison, je l'entends qui parle au fond de mon cœur, elle y prend le dessus. Saisissons ce moment, qu'il vienne, je ne le crains plus.

COLOMBINE.

Nous allons voir.

SILVIA.

Est-ce lui ? Je ne veux pas qu'il me voye sous cet habit.

COLOMBINE.

Nouvelle bizarrerie, si c'est votre pere.

SILVIA.

Je ne veux point en changer.

COLOMBINE.

Déterminez-vous donc, on entre.

SILVIA.

Je n'en ai pas la force, *elle sort.*

SCENE XII.

ARLEQUIN, COLOMBINE.

COLOMBINE.

AH! c'eſt vous.

ARLEQUIN.

Ouy, j'ai vû ſortir Monſieur Lelio, & je ſuis venu cauſer un petit moment avec vous.

COLOMBINE.

Vous prenez mal votre tems, je n'ai pas celui de vous entendre, vous pouvez vous en retourner. Adieu.

ARLEQUIN.

Je ne veux point m'en aller, moi, mon maître doit venir ici, je veux l'y attendre.

COLOMBINE.

Oh, entrez donc là-dedans, & l'y attendez tout à votre aiſe.

ARLEQUIN.

Les Colombines de Céans ne ſont point cérémonieuſes. *Il entre.*

COLOMBINE.

L'état où est ma maîtresse me fait pitié ; j'apperçoi Valere, voyons s'il est aussi indifferent qu'elle se l'imagine : mais si je lui parle & qu'elle le sçache, c'est le moyen de la cabrer, il vaut mieux aller l'avertir qu'il est ici.

SCENE XIII.

VALERE.

Que viens-je faire ici ? chercher une personne qui me hait, que me reviendra-t-il de la revoir encore ? Ma vûë augmentera sa haine, la sienne augmentera ma passion, c'est nous rendre malheureux inutilement l'un & l'autre ; n'importe je veux faire encore une tentative, je lui dirai que je la connois, que je l'adore, que je ne puis plus vivre que pour elle : peut-être, si elle n'a rien dans le cœur, que ne trouvant plus en moi un homme qui vient l'épouser malgré elle, mais un amant tendre & respectueux : elle s'adoucira, je sçaurai du moins ma destinée. La voici, qu'elle est belle sous ce déguisement ! & que j'ai de peine à me retenir !

SCENE XIV.

SILVIA, VALERE, ARLEQUIN *qui survient.*

VALERE *plus vivement que dans la Scene septiéme.*

SErai-je plus heureux que ce matin ?

SILVIA *d'un ton moins vif.*

Le pere est allé chez vous, & je ne croi pas que vous vouliez voir la fille.

VALERE.

Pardonnez-moi, j'aurois été bien-aise en partant, de me faire auprès d'elle un merite du sacrifice que je lui fais.

SILVIA.

Du sacrifice que vous lui faites ? Est-ce que vous songez encore à elle ?

VALERE.

Il ne s'agit point de mes sentimens, ils lui sont trop indifferens : je voudrois seulement qu'elle sçût que je ne les regle point sur ce que vous m'en avez dit.

SILVIA.

Je lui en rendrai compte.

VALERE.

Tâchez de l'en persuader.

SILVIA.

Eh, Monsieur, que cela vous fait-il ?

VALERE.

Un galant-homme doit au moins se ménager l'estime d'une aimable personne dont il n'a pû gagner le cœur.

SILVIA.

Ce pouroit bien être elle qui n'auroit pû gagner le votre, vous vous consolerez aisément de la perte du sien, un homme à bonnes fortunes ne s'afflige pas pour un cœur de moins.

VALERE

Moi, homme à bonnes fortunes ?

SILVIA.

Ouy, Monsieur, homme à bonnes fortunes : croyez-vous qu'on ignore vos galanteries de France, d'Italie, d'Espagne, & de cent autres endroits ?

VALERE.

Je ne cherche point à me justifier, mais je veux être un misérable, si jamais je suis sorti de France, & si... Qui peut donc vous avoir débité ces sornettes?

ARLEQUIN.

Mon maître me fait croquer le marmot; mais le voici.

SILVIA.

Tenez, voilà votre Historien.

VALERE.

C'est donc toi maraut qui t'avises de conter des fables, je ne sçais à qui tient que je ne te passe mon épée au travers du corps, que je ne te voye jamais.

VALERE.

Ce que j'en ai fait a été pour le mieux, on ne peut trop loüer un homme qui va se marier, vous êtes un ingrat, je vas me mettre sous la protection de Monsieur Lelio.

SILVIA.

Voilà une colere assez inutile, ma maîtresse ni moi, n'y prenons point de part;

après tout, Monsieur, il est tems que ceci finisse ; Je vous ay parlé des deffauts de Silvia, j'avois mes raisons pour le faire, elle n'est point telle que je vous l'ai dépeinte : mais elle vous craignoit, je lui ay dit tant de bien de vous, je l'ai si fort assûrée que vous ne pensiez rien pour elle, & que vous étiez incapable d'abuser d'un secret, qu'elle ma permis de vous expliquer le mot le l'Enigme.

VALERE *à part.*

Que va-t-elle me dire ? je tremble.

SILVIA *à part.*

Que vas-je lui dire moi-même ? *Haut.* Ma maîtresse a dans le cœur une passion, mais une passion si vive, que rien ne peut l'en arracher.

VALERE. *à part.*

Une passion dans le cœur ! je ne m'étois donc pas trompé ? *Haut.* Je lui sçai bon gré de sa confiance, & pour ne point demeurer en reste de franchise avec elle, dites-lui que j'ai aussi dans le cœur un amour qui ne finira qu'avec ma vie.

SILVIA *à part.*

Le perfide! *Haut.* Eh, Monsieur, que ne le disiez-vous à son pere?

VALERE.

On me l'avoit dépeinte comme une personne si accomplie, que je n'ai pû me refuser le plaisir de sçavoir ce qui en étoit.

SILVIA.

Fort bien, Monsieur, fort bien, vous ne vouliez la voir que pour la sacrifier à votre maîtresse; le projet est digne d'un amant délicat: vous êtes donc bien sûr de vous, car enfin...

VALERE.

Ouy, je me connois assez pour vous répondre que les charmes de Silvia n'auroient servi qu'à fortifier ma passion.

SILVIA.

En verité, vous me piquez pour elle, j'ai envie de vous la montrer, peut-être ne seriez-vous pas si fier en la quittant.

VALERE.

Croyez-moi, épargnez-lui la vûë d'un incommode: faites moi cependant un plaisir, dites-moi quelque chose de celui qu'elle aime.

SILVIA.

SILVIA.

Vous vous imaginez ſans doute que le parallele vous ſeroit avantageux ; je voulois vous en montrer le Portrait : mais pour punir votre vanité, je n'en ferai rien.

VALERE.

Pour moi, qui ſçai que Silvia elle-même ne pourroit qu'approuver mon choix. Je veux vous faire voir celui de la perſonne que j'adore.

SILVIA.

Non, non, Valere, je ne veux point le voir. *A part.* Dieux ! faut-il que je ſois témoin du triomphe de ma Rivale ?

VALERE.

Elle ſoupire, ſerois-je aimé ? Achevons, (*lui montrant ſon portrait.*) Jugez, ſi une perſonne, dont ce portrait affoiblit la beauté, eſt digne de tous les vœux d'un homme tendre & paſſionné ?

SILVIA.

Ah ! Ciel, (*lui montrant le ſien.*) Jugez vous même, ſi un homme, dont le caractere répond à la douceur de cette phiſionomie, merite qu'on s'attache à lui ?

VALERE.

Belle Silvia!

SILVIA.

Valere!

SCENE DERNIERE.

LELIO, VALERE, SILVIA, COLOMBINE, ARLEQUIN.

LELIO.

JE n'aî pas trouvé Valere, ce sera pour demaîn. Mais que vois-je? Valere, & ma fille déguisée! Je suis fâché, Monsieur, de vous manquer de parole : j'ai fait de mon mieux ; je vous demande pardon pour elle, ses refus la puniront de son caprice.

SILVIA.

Ah! mon Pere, les choses ont bien changé de face : mon trouble vous en fait plus voir que je ne puis vous en dire.

LELIO.

Je suis charmé de vous voir raisonnable.

VALERE.

Oui, Monsieur, mon bonheur ne dépend plus que de votre aveu.

LELIO.

Je vous le redonne encore de bon cœur.

ARLEQUIN.

Monſieur, pendant que vous êtes en train, il ne tiendra qu'à vous de faire deux mariages, Colombine ne vous en dédira pas. Nous ne ſçavons pas trop elle & moi ſi nous nous aimons; mais ce n'eſt pas à nous autres à y prendre garde de ſi près.

LELIO.

Si elle y conſent, je le veux bien. Entrons.

ARLEQUIN.

Meſſieurs, quand vous voudrez marier vos filles, je vous conſeille de faire peindre ceux que vous leur deſtinez : le portrait d'un joli homme avance bien ſes affaires. Quant à moi, *montrant Colombine*, je m'en tiens à l'original.

FIN.

APPROBATION.

J'Ay lû par l'ordre de Monseigneur le Garde des Sceaux, *Le Portrait*, Comedie, & elle m'a paru digne des applaudissemens que le public lui a donnez sur le Théatre. Fait à Paris ce 3. Fevrier 1727.

DANCHET.

Privilege du Roi.

LOUIS par la Grace de Dieu Roy de France & de Navarre : A nos Amez & Féaux Conseillers, les Gens tenans nos Cours de Parlemens, Maîtres des Requêtes ordinaires de nôtre Hôtel, Grand Conseil, Prevôt de Paris; Baillif, Sénéchaux leurs Lieutenans Civils, & autres nos Justiciers qu'il appartiendra; SALUT notre bien amé GREGOIRE DUPUIS, Libraire à paris : Nous ayant fait supplier de lui accorder nos Lettres de Permission pour l'impression d'un Ouvrage, qui a pour titre, *Les Amans réunis, avec le Portrait* : Offrant pour cet effet de le faire imprimer en bon papier & beaux caracteres, suivant la feuille imprimée & attachée pour modele sous le contre-Scel des Présentes. Nous lui avons permis & permettons par ces présentes de faire imprimer ledit Livre ci-dessus specifié en un ou plusieurs volumes, conjointement ou séparément, & autant de fois que bon lui semblera ; sur papier & caracteres conforme à ladite feuille imprimée & attachée sous notredit contre-Scel, de le vendre, faire vendre, debiter par tout notre Royaume pendant le tems de trois années consécutives, à compter du jour de la datte desdites présentes : Faisons défenses à tous Libraires, & Imprimeurs, & autres personnes de quelque qualité & condition qu'elles soient, d'en introduire d'impression étrangere dans aucun lieu de notre obéissance. A la charge que ces Présentes seront enregistrées tout au long sur le Registre de la Communauté des Libraires & Imprimeurs de Paris, dans trois mois de la datte d'icelles ; que l'impression de ce Livre sera faite dans notre Royaume, & non ailleurs, & que l'Impetrant se conformera en tout aux Reglemens de la Librairie, & notamment à celui du dixiéme Avril 1725. Et qu'avant que de l'exposer en vente le manuscrit ou imprimé qui aura servi de copie a l'impression dudit Livre sera remis dans le même état où l'Approbation y aura été donnée ès mains de notre très-cher & féal Chevalier-Garde des Sceaux de France, le Sieur Chauvelin, & qu'il en sera remis deux exemplaires dans notre Bibliotheque publique, un dans celle de notre Chateau du Louvre, & un dans celle de notredit très-cher & féal Chevalier-Garde des Sceaux de France, le Sieur Chauvelin, Le tout à peine de nullité des Présentes : du contenu desquelles vous mandons & enjoignons de faire joüir l'Exposant ou ses ayans cause pleinement & paisiblement sans souffrir qu'il leur soit fait aucun trouble ou empêchemens. Voulons qu'à la copie desdites Présentes qui sera imprimée tout au long au commencement ou à la fin dudit Livre, foi soit ajoûtée comme à l'original. Commandons au premier notre Huissier ou Sergent de faire pour l'exécution d'icelles tous Actes requis & nécessaires, sans demander autre permission & nonobstant clameur de Haro, Chartre Normande & Lettres à ce contraires. CAR tel est notre plaisir. Donné à Paris le vingt-sixiéme jour du mois de Decembre, l'an de Grace mil sept cent vingt-sept, & de notre Regne le treiziéme. Par le Roi en son Conseil.

NOBLET.

Registré sur le Registre VII. de la Chambre Royale des Libraires & Imprimeurs de Paris, No. 44. Fol. 41. Conformement aux anciens Reglemens, confirmés par celui du 28. Février 1723. A Paris le cinq Janvier mil sept cens vingt-huit.

BRUNET *Syndic.*

www.ingramcontent.com/pod-product-compliance
Ingram Content Group UK Ltd.
Pitfield, Milton Keynes, MK11 3LW, UK
UKHW021026180726
13838UKWH00004B/1636

9 782329 131627